Geronimo Stilton

奇鼠歷險記②

追尋幸福之旅

非常感謝變色龍膿包的
大力協助！

新雅文化事業有限公司
www.sunya.com.hk

這句不是每個人都知道幸福在哪裏……

每個人都說，幸福是……

所以，我們常常找不到它⋯⋯

尋找幸福的伙伴團

「伙伴」這個詞，含義是「分享同一塊麵包的人」，大意是能夠互相幫助和共同奮鬥的朋友。伙伴的力量，就來自於這裏！

彩虹巨龍

我是仙女國皇后忠誠的信使！我鳴叫的聲音既清脆又嘹亮！我靠吸吮幸福的香氣為生，我最喜歡撓耳朵了！

呱呱鵝

我一説起話來，就像是打開了話匣子！我還是個稱職的小護士，熟悉各種能夠治癒疾病的藥草！

膿包

親愛的朋友們，我雖然是條可憐的弱小的長滿膿包的變色龍。但我是謝利連摩遊歷夢想國時的嚮導！

謝利連摩・史提頓

我是《鼠民公報》的經營者，這是老鼠島上最暢銷的報紙哦！在夢想國，我經歷了奇妙的旅行！

冰雪公主

我是雪國的公主……我不會笑，也從不說話……如果你看了這個故事，便會了解我的身世！

奧斯卡・阿法喬

我是隻單純快活的小蟑螂，我嘗試過各種工作，所以我是個萬金油！

信風

我是隻獨角獸，卻長着一對飛翔的翅膀！我的身世很具傳奇色彩：看完這個故事，你就會發現啦！

目錄

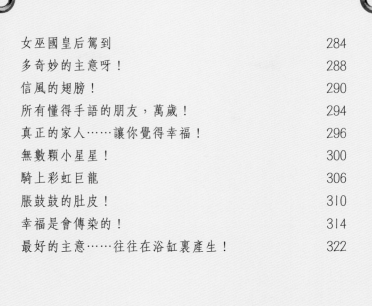

你也想成為
尋找幸福的伙伴團成員嗎？
那就在这裏貼上你的照片，
寫上你的名字吧！

貼上
你的照片

我的名字是...

我是個普通的傢伙，
是隻平常得不能再平常的老鼠……

親愛的鼠迷朋友們，

　　我是一隻普通的老鼠，確切的說是隻**平常的**，應該說是**十分平常的**老鼠……

　　可是，為什麼我、總是我、也只有我，會碰到各種稀奇**古怪的**，應該說是**十分奇怪**的遭遇呢？

　　哦，對了，不好意思，我還沒有自我介紹呢！我叫史提頓，**謝利連摩·史提頓**！我經營着《鼠民公報》——老鼠島上最有名氣的報紙……而我就住在老鼠島上的……妙鼠城！

這裏是《鼠民公報》的辦公大樓！

鼠民公報

這就是我，謝利連摩·史提頓！

11

歡迎來到妙鼠城

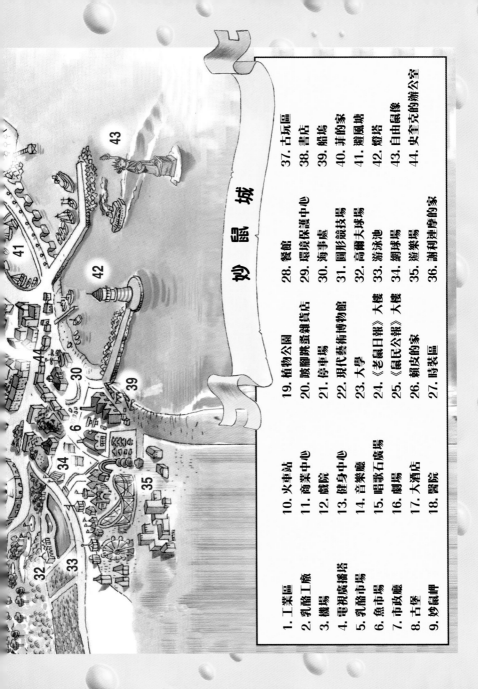

妙 鼠 城

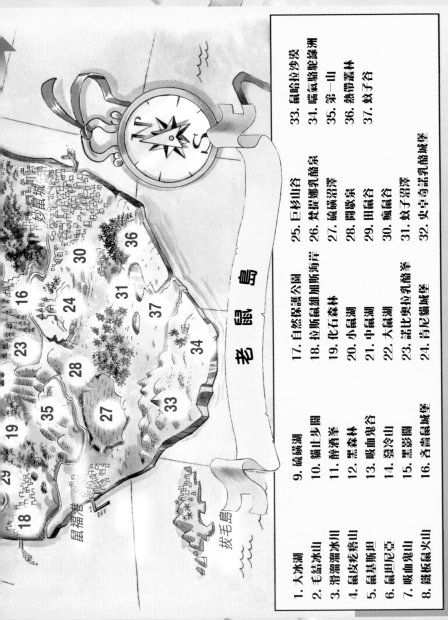

史提頓家族

菲·史提頓
謝利連摩的妹妹

《鼠民公報》的特派記者，喜愛冒險。她長得非常迷人哦。

賴皮·史提頓
謝利連摩的表弟

他曾嘗試做過各種各樣的工作，不過，他的夢想是開一家餐館。他最喜歡搞惡作劇啦！

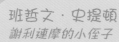

班哲文·史提頓
謝利連摩的小侄子

他是隻可愛聽話的小老鼠。他希望長大後，能像叔叔謝利連摩一樣，成為一名記者！

賴皮高聲嚷嚷起來：「菲，你快幫我勸勸他！現在要取消表演，已經是不可能的事兒了，一切都來不及啦！」

這時，有一隻小手爪在輕輕地拉我的衣袖：「叔叔！我聽說你要挑戰世界紀錄，我真為你感到驕傲！」

我無奈地歎了口氣：「好吧，我答應你，誰叫是班哲文來求我呢……」

就在這時，一大羣記者一下子圍上來，對着我不停地按動相機快門，賴皮則掐着秒錶，高聲地宣布：「你將有一個小時的時間，挑戰飲食界的世界紀錄，表哥，準備，*開始吃吃吃吃吃吃吃吃吃啦*！」

我迅速地張開嘴，將第一盤意大利粉吃進嘴裏……

謝利連摩・史提頓
挑戰飲食界世界紀錄!

第一盤意大利粉

10盤意大利粉

20盤意大利粉

30盤意大利粉

40盤意大利粉

50盤意大利粉

60盤意大利粉

70盤意大利粉

80盤意大利粉

90盤意大利粉

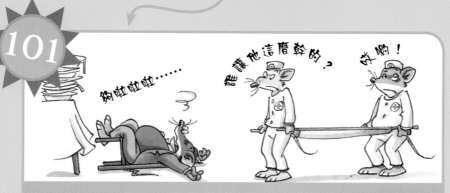

101盤意大利粉：新的飲食界世界紀錄誕生啦！

午夜十分……

我終於成功地打破了飲食界的世界紀錄！但是，可憐的肚皮被撐得溜圓，每走一步，無數根麵條就會在我肚皮 **轉圈、轉圈、轉圈、轉圈、轉圈、轉圈、轉圈、轉圈、轉圈、轉圈、轉圈、轉圈**

一杯超級濃的花茶！！！

我好不容易跌跌撞撞地爬回家，為自己倒滿了一杯 超級-特級-非常-極其-特別濃的花茶，來幫助自己 消化。然後，我捧着圓鼓鼓的肚子艱難地爬上牀。

我的腦袋剛一挨到枕頭，便立刻進入了沉沉的夢鄉。

呼嚕嚕嚕！

午夜十分，一陣奇特的聲音將我從夢中喚醒……

咚！　咚！　咚！　咚！　咚！　咚！
咚！　咚！　咚！　咚！　咚！　咚！

這便是夢想語的字母表！

飛越彩虹

　　彩虹巨龍興奮地來回掃着尾巴，焦急地等待着起飛的時刻。

　　我一個飛身躍到他背上，雙爪牢牢地摟住他的脖頸，高喊一聲：「我們要飛越彩虹啦啦啦！」

一陣助跑後，巨龍載着我在雲間上下翻騰，寬闊有力的金色翅膀上下搧動着。

　　夜晚，清涼的風一陣陣地撫摸我的鬍鬚……這是多麼令鼠激動的夜晚呀！我竟然有幸能重返夢想國，能再次全力幫助仙女國皇后！我伏在巨龍背上，在一串串一團團的雲朵間穿行，思緒卻仍沉浸在仙女國皇后來信引發的回憶中。

　　仙女國皇后竟然向我求助，沒錯，正是向我……謝利連摩·史提頓！

　　一個小時，再一個小時，又一個小時過去了，我們仍在持續的飛行中。

　　彩虹巨龍緩緩地拍動着翅膀。

　　夜晚，空氣中有一股股的涼意。

　　巨龍的身體彷彿枕頭一樣柔軟……又彷彿電熱水瓶一樣溫熱……簡直好似搖籃一樣舒服。

　　在他的背上，我感覺是那麼安全……舒適……貼心……似乎又回到了很小很小很小的童年時代。

重返夢想國！

不一會兒，巨龍在我耳邊輕輕地吟唱起歌謠來：
「在漆黑的夜裏乖乖睡吧，
願你進入夢鄉，不必害怕！
一千顆星星在你頭頂閃耀⋯⋯
願你在夢中笑得更美好⋯⋯
如今你躺在我寬闊的懷抱，
我的搖籃曲在你耳邊繚繞！」

伴隨着巨龍悅耳的搖籃曲，
我將頭深深地紮進他柔軟的翅膀裏，漸漸地合上了雙眼！

待我一覺醒來時，已是黎明時分。

遙遠的地平線上，一輪紅日輕輕地一躍騰空而起，金色的陽光照耀着夢想國的土地，彷彿為它帶來了無窮盡的希望。

33

幻想和夢想

這兩個詞看上去十分相似，可它們的含義，卻是大不相同哦……

幻想，只是一種消極的感受！只是將自己放入想像的世界中，希望能夠改變現實。但它畢竟只是個美好的幻覺，就像根魔術棒一樣，只是想用白日夢，來逃避自己不想面對的現實和挫折！從過去到現在，人們常常將希望寄託在幻想中，希望用它們來解決問題……可是幻想中的一切並不存在！幻想的護身符總是失效，而幻想的魔法也常常失靈。

而夢想就不同了，它是一種積極的力量，是擁有能在現實世界中發現不平凡事物的眼睛。一旦擁有了它，就能看到別人看不到的東西：在不和諧之中發現和諧，在邪惡肆虐的地方尋找到善良，在一片黑暗中看到光明！如果你碰到了麻煩，就嘗試着用夢想國的方式去解決它吧，那就是：試着站在另一個角度看待它，用勇於改造和樂觀的精神來面對它。

夢想國可真是神奇,只需要你……展開夢想,就能抵達這裏!

我仔細向下面張望着。

我們最先飛越過的領土,是會令我毛髮直立的**女巫國**,黑夜女神——邪惡的女巫斯蒂亞就統治着這片土地!

在戰戰兢兢中,我們又飛過了**海妖國**,看到海豚和海蛇暢遊其中。

又經過了**巨龍國**,那裏有無數隻噴火的巨龍,棲息在乾燥的火山石上。

我們還越過了古怪的**精靈國**,在這片土地上,有成千上萬個小精靈在其中嬉戲玩耍!

還有土地肥沃的**矮人國**,要知道,大自然是矮人們最親密的朋友了。

隨後,我們經過了終年積雪的**巨人國**,在白雪皚皚的國度,最後一個巨人就住在這裏。

巨人

海妖

精靈

女巫

矮人

巨龍

仙女

不老泉

不知飛了多久，我們終於在神秘的**仙女國**的上空盤旋！

芬芳的玫瑰香氣，在這片神秘的國度縈繞，令人心情爽朗舒服極了……

我低頭俯瞰下方，遠處的不老泉和藍色獨角獸森林，忽隱忽現地閃着幽光。我們越過日月廳，太陽、月亮和點點繁星，亮晶晶地鑲嵌在日月廳的屋頂上。

接下來是歡唱屋，還有馬德琳仙女塔。

藍色獨角獸森林

頃刻間，一片純淨的光芒射入我眼簾：那不正是仙女皇后芙勒迪娜的**水晶宮**嗎？

此時，巨龍載着我，開始緩緩地向下降去……

日月廳

歡唱屋

馬德琳仙女塔

36

仙女國

1. 千瓣玫瑰
2. 精靈湖
3. 仁慈林
4. 魅影園
5. 野玫瑰
6. 摩根女神莊園
7. 綠松石屋
8. 綻放玫瑰塔
9. 香味回憶林
10. 不老泉
11. 林中空地
12. 日月廳
13. 歡唱屋
14. 克爾特教士林
15. 白銀瀑布
16. 馬德琳仙女塔
17. 銀色夜鶯
18. 美夢峯
19. 藍色獨角獸森林
20. 秘密山
21. 真愛堂
22. 水晶宮
23. 飛馬岩
24. 甜水湖
25. 半人半馬獸及小仙女之家
26. 永恆愛之門

仙女國皇后……芙勒迪娜！

我們走過晶瑩剔透的水晶城堡：城堡的牆壁看上去特別清涼，卻隱隱散發出熱度！外牆雖然是透明的，卻層次分明！城堡看上去好像晶盈剔透，實際卻非常牢固。在它的四周散發出一陣陣的玫瑰芳香！

膿包（此刻，他已經變成了水晶色）向我解釋道：「仙女國的水晶千變萬化。只要你真心請求它……水晶就能變成任何一種形狀！因為在**仙女國**，誰都有自由，可以隨意做自己喜愛的事……也會盡最大能力讓別人開心！」

我們徑直走進大廳：一位美麗的仙女正倚在豎琴旁彈奏，一串串叮叮咚咚的**音符**隨着她的

我懇求你，仙女國的水晶，趕快變成一顆心的形狀！

仙女國

仙女國皇后：芙勒迪娜——白衣皇后、掌管和平與幸福的仙女、維護世界和平的天使。

居住的宮殿：水晶宮。

仙女國的錢幣：仙女弗羅林。

仙女國的語言：仙女語。

仙女國居民資訊：仙女們長得十分小巧，全身閃閃發亮。她們的舞姿優美婀娜，她們的歌聲分外迷人。她們喜歡踩着金色的紡織機，將一絲絲月光和太陽光紡成金銀線，織成華貴的美麗衣服。

芙勒迪娜

指尖流淌出來，輕輕地撫慰着我疲憊的心。

七個仙女同時吹響了七個水晶號角。

「**謝利連摩·史提頓**進殿！」

眼前大廳的正中央，擺放着一個水晶寶座，端坐在上面的仙女，正是**芙勒迪娜**——白衣皇后、掌管和平與幸福的仙女、維護世界和平的天使。

49

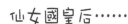仙女國皇后⋯⋯芙勒迪娜！

她身材嬌小，卻體態優美，十分勻稱，渾身上下散發出誘人的水晶般光暈。她的耳朵尖尖的，小巧可人。

在她的髮間，點綴着一些名貴的鑽石和散發幽香的玫瑰花瓣，腳上的鞋子，也是像水晶那樣的透明晶亮。

只見她透明的翅膀合攏在身旁，彷彿一陣風就能將她吹走。

她看上去那麼年輕⋯⋯誰會知道她的王國卻跨越了千年歷程！

我飛身上前，一下拜倒在她的腳下。「尊敬的陛下，我來了。我能為你做些什麼呢？」

芙勒迪娜微微一笑：「謝謝你特意前來。這一次，我想請你參與一次具有 **非凡意義** 的歷險，為我找回⋯⋯ **幸福之心**！請別問我為何要找到它⋯⋯但你要相信，它一定值得你去歷險！」

我忙追問：「該怎樣進行歷險？你要的幸福之心，又究竟在什麼地方呢？」

芙勒迪娜歎了口氣：「哎，你們的歷險肯定會是非常艱難的，而指引你們能夠尋找到幸福之心的地圖，就藏在⋯⋯ **妖怪國**！」

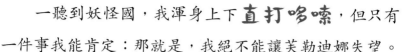

一聽到妖怪國，我渾身上下**直打哆嗦**，但只有一件事我能肯定：那就是，我絕不能讓芙勒迪娜失望。

我紳士般深深地鞠了一個躬：「只有找回幸福之心後，我才會踏上歸途。以我史提頓的名義發誓，*謝利連摩·史提頓*！」

仙女合唱團優美的歌聲，彷彿在為我壯行：

如果你希望找到
幸福之心，
你將要經歷
一次非凡的旅程！
這裏既是起點，也將是終點：
旅程的結果，定會讓你驚喜！
開啟幸福的鑰匙有成千上萬，
到底是哪一把？你最後會明白。
只需要懷抱着愛去追尋，
讓一切都聽從心靈的召喚！

滔滔不絕講話的鵝！

　　一個尖尖的聲音響了起來：「閣下，你需要一位嚮導！我——膿包，將會是你的官方嚮導！我，膿包，將要參與這場偉大的歷險！我，膿包，將要幫助你找到幸福之心！」

　　我點點頭：「很好啊，加上彩虹巨龍，我們就有三個伙伴了。我們的隊伍，就叫做……幸福伙伴團吧！」

　　就在這時，一個高亢的聲音插了進來：「閣下，如果少了我，你們可別想出發！」

　　我順着聲音傳來的方向望去，看到一個胖乎乎的鵝姑娘，手中握着一把黃色的小傘。

　　「讓開開開，讓我過去！我是個很有經驗的小護士！閣下，你一定要帶上我。少了

我，你們一定會叫苦連天的！舉例來說，如果你們
需要注射止痛針……」

膿包氣咻咻地拉扯她的羽毛：「誰要你參加，
你這個話匣子，你在那兒呱呱亂叫，只會讓閣下
他頭昏！你要知道，他要帶的只需要是我啊！」

鵝姑娘轉過身，一把揪起膿包的尾巴：「住口，
你這個綠膿包，閣下他要帶的是我！」

「他帶的是我！」

「我我我！」

「才不呢，是我！」

我大喊一聲：「安
靜，請安靜！你們兩個，
我都帶：這樣我們的隊
伍，就有四個伙伴了。」

芙勒迪娜大笑起來：
「不對，謝利連摩，你們
一共有五個。和你們一起
上路的，還有……」

呱呱鵝

　　呱呱鵝住在仙女國
的甜水湖。

　　她是個超級話匣
子，而且特別喜歡管閒
事。不過，她確是個技
術高超的小護士。她不
僅會打針，還熟悉各種
治癒疾病的藥草，了解
它們的功效。

美人中的美人

　　一個像蝴蝶般輕盈的女孩兒向我們走來，她長長的頭髮彷彿一縷縷的金絲般柔順飄逸。

冰雪公主

　　妮薇絲——冰雪國度的公主，她似乎不會笑，也從未開口說過話。她會將想說的話，都寫在雪片似的白白的晶葉上，她就是通過這個方式和別人溝通。曾有許多慕名前來的追求者向她求婚，但是，從來沒有誰能融化開她冰冷的心。

妖怪國

1. 妖怪國
2. 妖魔山
3. 飢餓跳蚤關
4. 臭味河
5. 發霉磨房
6. 爛沼澤
7. 無邊林
8. 女伯爵湖
9. 怪物坡
10. 跳蚤谷
11. 怪味塔
12. 貓頭鷹嚎叫林
13. 噩夢堡
14. 硬痂沙漠
15. 怪物海
16. 荊棘林

黑蝙蝠洞！

斯蒂亞滿臉懷疑地緊緊盯着我看：「你這老鼠，我認得你。你曾曾曾經來來來過夢想國！你這次為什麼又回回回到這裏？」

還沒容我回答，膿包趕忙嚷叫起來：「這可是無比秘密的秘密，因為我們不能對任何人透露這次**偉大歷險**的目的……」

呱呱鵝也插嘴進來：「住口，你這個大笨蛋！我要提醒你，我們一個字也不應提到我們是去尋找**幸福之心**！」

你住口！

不，住口的應該是你！

76

三個貪吃鮮肉的……女巫

女巫！

我們急急忙忙返回，去尋找受傷了的彩虹巨龍。

「我們當時根本就不應該丟下他……」奧斯卡懊惱地説。

我們一路小跑地又走回**臭氣熏天的沼澤地**，膿包激動地嚷嚷着：「我們可愛的朋友就在這裏！」

呱呱鵝也叫個不停：

「在這兒！在這兒！在這兒！」

妮薇絲一聲不響，卻邁着**風一樣**的步伐，疾速向灌木叢奔去。在那裏，伸出來一截布滿鱗片的尾巴。

只見，痛苦的彩虹巨龍雙眼緊閉，再仔細看，發現他的胸口還在微微地一起一伏：哇，他還**活着**！

我難過極了，傷心地摟住他的臉：「我親愛的朋友，你這麼難受，我們能幫你做些什麼呢？」

貓頭鷹嚎叫林

我一路跋涉翻過**妖魔山**，進入了充滿危機的**貓頭鷹嚎叫林**。

不遠處的樹林中，無數隻貓頭鷹瞪着圓圓的**黃眼睛**對着我，猶如鬼火般一閃一閃的！

周圍長滿了多刺的**荊棘**，不住地撕扯我，將我的衣服都刮破了！

一根根樹枝像惡魔的爪子一樣朝我伸來，企圖捉住我！

腳下，泛起**綠色泡沫**的臭水河，嘩嘩地在我身邊流淌！

從林間吹來一陣陣**風**，陰冷襲人！

滿月的月光，映照着林間斑駁的樹枝，恍惚間，我看到了三個巫婆乾枯的手爪！

更可怕的是，我發現，不知何時**黑蝙蝠國王**已悄悄地跟在我身後！

我終於明白了，在我們走出山洞時，女巫國皇后那非常非常非常**邪惡**的笑容背後的含義：她在吩咐

黑蝙蝠國王跟着我……

　　我氣喘吁吁地一口氣跑到樹林邊……在那兒，我又找到了一把水晶鑰匙：好奇怪呀！**(見右頁)**

　　一棵巨大的樹樁橫在我面前，它看上去很像一座房子：兩個圓圓的窗子彷彿眼睛，木頭做的門就像張大的嘴。我看到門上掛着塊木牌……

　　突然，我感覺脖子被什麼東西叮了一下。

　　也許……也許是一隻蚊子在咬我？

　　不對呀，這裏並沒有蚊子！

　　不一會兒，我便全身癱軟地倒在地上。原來那不是蚊子。

　　刺中我的，是三個女巫的毒箭箭！

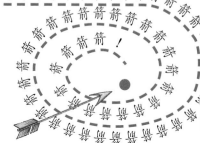

你能發現那把水晶鑰匙嗎?

散發怪味的妖怪國

這個王國裏，到處充斥着難聞的怪味，也許正因此，怪物們才特別喜歡這裏！

密密麻麻的樹木，一陣陣散發出難聞的氣味兒，尤其是一種叫做毒苞苞的樹。這種樹和普通的樹木截然不同的，就是既不開花，也不結果，竟長出一團團帶有毒液體的苞狀物質。在這個王國的土地上，還到處生長着蒜頭灌木，它們散發出腐爛的洋蔥和大蒜的臭味！

這個王國的典型生物，是一種綠色的昆蟲，全身硬殼上長滿了密集的小刺，名叫怪味嘟。當牠在天空嗡嗡飛舞時，會在身後釋放出一團團難聞的味道。

怪味嘟

怪物家族

很久很久以前，那時的妖怪國王胖塔帕奇奧，娶了女怪物菲蒂拉齊亞，來安置他的全家老小。一直到今天，他的後代們仍然住在怪味塔內！怪物們最喜歡吃的就是鮮肉了，因此如果你來到怪味塔國，一定要小心避開怪味塔！要不然的話，一不留神便會做了怪物們的點心。

佩羅斯梁

羅弗乃

斯帕羅多

南瓜蛙娜

艾莉莎彭達

培眼戈斯多

南瓜拉那

菲蒂拉齊亞

胖培帕奇奧

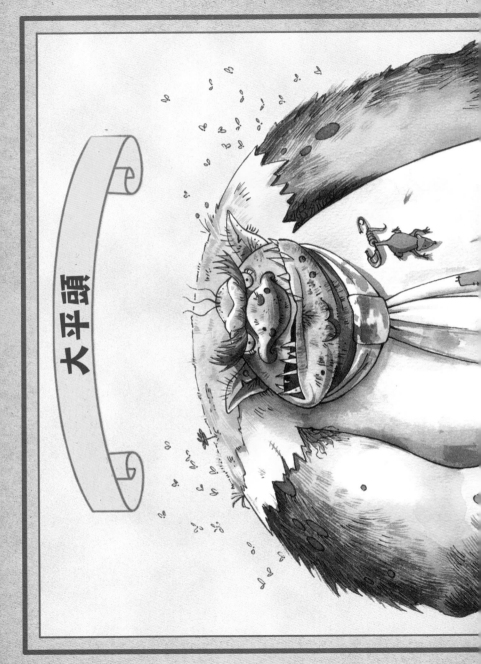

大平頭

臭臭頭

圓肚仔

我渾身上下起了一層**鼠皮疙瘩**。

要知道，我最害怕**怪物**了！！！

女怪物左看看右瞧瞧，什麼也沒發現，便轉身走進房間……(她的步伐真夠大，一步能有五米那麼遠！)……她穿過走廊（有足球場那麼大）……走進廚房（有劇院那麼寬敞！）……三下兩下地將幾捆柴火塞進壁爐（彷彿卡車那麼大）！

我趕緊躲在壁櫥後面。就在這時，門砰地打開了：國王**大平頭**回來啦！

呼哧呼哧，
我聞到老鼠的味道了……

頓時，疤癩疤娜撒嬌地叫起來：「親愛的，你今天過得怎麼樣哪？」

「**呼哧**！還算不錯！」大平頭哼哧哼哧着問道，「老婆，廚房怎麼這麼冷啊！」

此時的我不知怎麼憋不住了，打了個噴嚏，大平頭立刻警覺地豎起耳朵：「**呼哧**！誰在打噴嚏？」

謝利連摩

女怪物嬌滴滴地回答道：「親愛的，恐怕是風吹過壁爐的聲音吧！」

我悄悄地移動腳步，想趕快離開這裏躲起來。不料，那個壁爐卻吱嘎地響起來。

大平頭又懷疑地大聲嚷嚷道：「**呼哧**？是什麼東西在吱吱嘎嘎地響？」

女怪物又隨口說：「親愛的，那是我們廚房桌子

多大的圓麵包呀！
多深的湯碗哪！

搖動的聲音！」

　　大平頭狐疑地用鼻子

在空中嗅着，嘟噥着：「**呼哧**

呼哧，我怎麼聞到了老鼠的味道！」

　　女怪物卻解釋道：「親愛的，那是我做的南瓜肉丸湯的味道！」

　　「但我確實聞到了老鼠的味道。**哼哼哼！**」

　　大平頭端起那個有游泳圈大的湯碗，一氣喝了個底朝天：**呼嚕嚕！**

　　接着，他又拿起氣球那麼大的圓麵包，蘸了蘸盤底大嚼起來。

　　隨後，他又忙不迭地拾起刀叉（彷彿魚叉那麼大），叉起一公斤重的乳酪吞下肚子，緊接着一口吐出乳酪的硬皮：**吓！**

　　一頓大吃大喝後，他揉搓着肚子，滿足地打起了飽嗝，震得窗戶都要碎了：**嗝！**

　　大平頭抓起一旁的松樹枝條，伸進嘴裏上下前後地在牙縫中掃了掃，彷彿用牙刷在刷牙一樣。

　　然後，他舉起一個巨大的木桶，

多長的刀叉呀！

一口氣喝下了足足有50公升的水。

咕嚕嚕嚕嚕！

以一千塊莫澤雷勒乳酪的名義，他可真沒教養呀！

大平頭酒足飯飽，抬起身子搖晃着向壁爐旁走去。

他取下腰間別着的一把金鑰匙，慢慢地打開一個大箱子……從那裏取出一卷羊皮紙。「這可是我的寶貝呀：**幸福之心的尋寶圖！**這是比黃金還寶貴的寶貝！這一切都是我的的的！」

我驚奇地瞪大了眼睛：原來這就是幸福之心的尋寶圖！

大平頭嘟囔着：「**奇怪**，我為什麼一直聞到老鼠的味道！**呼哧呼哧呼哧！**」

他又用鼻子使勁嗅了嗅，然後迷迷糊糊地一頭栽

呼嚕呼嚕呼嚕嚕嚕嚕嚕嚕嚕嚕嚕！

我一把抓住那卷羊皮紙——幸福之心的尋寶圖，使勁掙脫出被夾在箱子裏的尾巴，拚命向門口**奔去**。

大平頭砰地跳下牀，大踏步追趕過來，他邁着**巨大的步伐**……而可憐的我卻是邁着老鼠的小碎步！

哇嗚哇嗚哇嗚！

眼看着大平頭就要**拉上門閂**，把我關在屋裏了，那我可就慘了。我使出全身的力氣，縱身一躍……跳出了屋外！

我甚至連「吱」的一聲都沒來得及發出來，就被一隻爪子一把抓起來，提向天空中。

我抬起頭，連連感激地叫道：

「**謝謝你，彩虹巨龍！**」

大平頭和他的太太，氣得在我眼皮底下狂怒地嚎叫着，瘋狂地向空中揮舞着拳頭，不過這一切已經太遲啦。

趴在彩虹巨龍身上的我們，向着藏着幸福之心的地方奮力飛去！

我們向着幸福之心飛去！

幸福之心尋寶圖

　　我們在空中自由自在地飛翔，我的鬍鬚隨着呼呼的風飄盪，我激動地舉起**幸福之心尋寶圖**，驕傲地展示給伙伴們。

　　膿包開心地嚷嚷着：「這可是尋找幸福之心的藏寶圖呀……**藏寶圖中的藏寶圖！**」

　　呱呱鵝的大嗓門也響起來了：「幸福之心尋寶圖？呱—呱—呱……**太棒啦！**」

　　聽着大家的談笑，妮薇絲也忍不住隨手寫了張**小紙條**，遞給我……

「幸福之心尋寶圖……
萬歲！」

甜品國

1. 冰淇淋山
2. 可可火山
3. 巧克力城堡
4. 雞蛋忌廉山
5. 貪吃城
6. 甘餅丘
7. 甜餅林
8. 酥皮點心平原
9. 蛋白杏仁餅屋
10. 檸檬水湖
11. 西班牙小餅林
12. 消化不良河
13. 果仁塔
14. 奶油山
15. 刨冰峯
16. 橙汁泉
17. 蛀牙洞
18. 奶油蛋白餅山
19. 蜜餞梯
20. 糖果沙漠
21. 甜品城
22. 櫻桃谷

這個國度讓我們吃得肚皮朝天

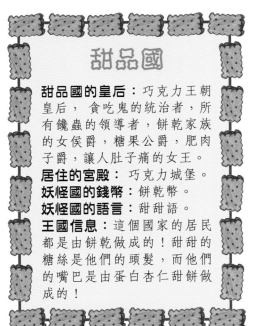

甜品國

甜品國的皇后：巧克力王朝皇后，貪吃鬼的統治者，所有饞蟲的領導者，餅乾家族的女侯爵，糖果公爵，肥肉子爵，讓人肚子痛的女王。

居住的宮殿：巧克力城堡。

妖怪國的錢幣：餅乾幣。

妖怪國的語言：甜甜語。

王國信息：這個國家的居民都是由餅乾做成的！甜甜的糖絲是他們的頭髮，而他們的嘴巴是由蛋白杏仁甜餅做成的！

已是黃昏時分，彩虹巨龍開始緩緩地向下飛行，慢慢地向**甜品國**陸地降落。

我好奇地俯瞰着下面美麗的風光景色，我看見了**橙汁泉**，**檸檬水湖**，還有**薄荷色**的刨冰峯！

我還欣喜地看到，那些討人喜歡的小丑和**形形色色的薑餅小人**，在路上來回地穿梭。

這裏的地貌是一座活火山，許多許多許多的**巧**

克力岩漿從裏面緩緩地流淌出來。我們甚至能清晰地看到，一艘揚着風帆的**麵包船**，正在湖上悠閒自在地航行。

那裏是一片**糖果沙漠**！在一團團像**棉花糖雲彩**簇擁下的天空中，我們看到了一架由**糖果**製成的直升機，在空中劃過一道美麗的弧線，驕傲地飛翔！

我們終於來到了甜品城。

在一堆堆的**蛋白杏仁甜餅**堆成的小屋之間，在果仁餅組成的**摩天大樓**羣之中，我們快速靈活地穿行。

在我們眼前，緩緩地穿過一輛由**洋甘草**做成的自行車，一輛**餅乾**做成的大卡車一溜煙地疾馳而過。

就在我們從容的閒逛時，我又找到了一把水晶鑰匙：好奇怪呀！(見140-141頁)

甜品
房

讒蟲屋

巧克力路

生日
蛋糕店

你能
發現那把
冰晶鑰匙嗎?

薑餅小人和通通能吃掉的房子！

我們離開了甜品城，穿過了西班牙小餅林。

變色龍大飽眼福地高聲嚷嚷：「呱唧！這裏真是我膿包的福地呀！」

他興奮地一頭栽進檸檬水湖裏，嘿嘿笑起來：「哇，這水還冒**泡泡**呢，是上等的温泉耶！」

我們如願來到了蛋白杏仁甜餅屋。

膿包向一所小房子跑去：「呱唧！」

當他高興地到處奔跑時，我竟然又找到了一把水晶鑰匙：好奇怪呀！**(見右頁)**

這時，小房子的窗子，一個**薑餅小人**探出頭來，他大聲地抗議起來：「你，就是你這個吵鬧鬼，快到別的地方去吃點心吧！」

膿包才不理睬他呢，他自顧自地舔着由麵包搭成的小屋樓梯：「呱唧，你的小屋好**美味**哦⋯⋯」

看到膿包不理不睬的樣子，薑餅小人氣得高聲尖叫道：「快！快離開我的房子，我再也不要見到你！」

膿包舔舔嘴唇，不緊不慢地說：「我只不過稍微嘗嘗嘛……呱唧！呱唧！呱唧！呱唧！呱唧！呱唧！呱唧呱唧呱唧呱唧呱唧呱唧！」

膿包非常滿足地撫摸着自己漸漸圓鼓鼓的小肚皮：「我已經吃了**十二塊**奶油蛋糕……**一箱子**冰淇淋……**一百塊**餅乾……**一公斤**巧克力……**十五粒**糖果……**嗝！**」

這時，奧斯卡從路邊拾起一塊心型的小蛋糕，連忙送給身旁的妮薇絲：「送給你，可憐的公主，你這麼**美麗**，卻這麼**悲傷**。天知道你曾經吃了多少苦啊！」

呱呱鵝卻不屑地說：「你對公主能有多少了解呢？你又明白什麼是悲傷啊？你只不過是隻小小的**蟑螂**！」

「我確實不是十分了解公主，但是我能理解她的苦痛。因為我也曾經歷過那種感覺，所以，如果我身邊的朋友感到悲傷時⋯⋯我一定會盡量地幫助他們！」

我們走進一間由糖果堆砌成的酒店。

我推開窗戶，好奇地望向窗外。

正當我東張西望時⋯⋯我又找到了一把水晶鑰匙：好奇怪呀！（見146-147頁）。

147

我發現在這個奇怪的國家，一切用品都是由**甜品**做成的……甚至連登山外套、鞋子和登山繩也不例外！

準備就緒，我們開始向雞蛋忌廉山攀登。真的是**好冷呀**！我的鬍鬚上結滿了冰渣！

一整天，我們踏着積雪前進，上坡下坡，再上上下下。

我心裏翻來覆去地琢磨着：「甜品國看上去那麼美好，可……**我怎麼在這裏總覺得心裏空落落的！**」

當天晚上，我們決定在山地住宿。為避風寒，大家生起火來，暖烘烘的篝火溶化了山頂上的幾塊冰淇淋，我們就用它充飢，就像阿爾卑斯山的登山客常常飲用山頂的積雪一樣。

如果你遇到了麻煩……

通常來說，一個人在心情悲傷時，就很容易暴飲暴食，或者什麼都不想吃。這兩種症狀，我們稱作為暴食症或厭食症。

如果你也遇到了這樣的問題，試着告訴你的媽媽爸爸，老師和同學。他們一定會幫助你！

上上下下，再上上下下，上上下下，再上上下下，上上下下，再上上……

　　我掏出行軍水壺，倒出裏面的最後幾滴水，用它刷刷牙齒。對於我們鼠來説，有一口健康有力的牙齒，是很**重要的**！因為這代表了美觀和力量！

　　正當我刷牙齒的時候……我又找到了一把水晶鑰匙：好奇怪呀！（見下圖）

你能**發現那把水晶鑰匙嗎？**

歡樂的碎片！

第二天早上，天還曚曚亮，我們就開始了向雞蛋忌廉山登頂的旅程。

寒風在我們耳邊一陣陣地呼嘯……大家越走越累，又冷又餓！

為了戰勝旅途中的勞累，我向大家提議道：「伙伴們，我們來個競賽吧。看看誰能講出最有趣的**笑話？**」

話音剛落，奧斯卡第一個舉手：「你們聽說過番茄的故事嗎？」

番茄家族正在排隊過馬路，番茄爸爸發現他們的小兒子精神不集中，總是摔跤。番茄爸爸非常生氣地說：「你小心點，難道你想摔成番茄醬嗎！」

歡樂的 碎片！

大家簡直笑翻了，在地上直打滾兒，可只有妮薇絲面無表情。

可貴的幽默

如何你發現一個朋友心情不好，那麼試着為他做點什麼……也許你可以給他講個笑話！擁有幽默感，會給你的生活帶來快樂！

呱呱鵝氣哼哼地說：「那姑娘總是呆呆的，真是一點幽默感都沒有！」

奧斯卡連忙辯解道：「沒關係的。我不會因為妮薇絲**沒笑**，就不開心……我想，這只是時間問題，總有一天，她也會和大家一樣**開懷大笑**的！」

等得不耐煩的膿包插嘴說：「該輪到我講啦！」

大家拍手喝彩：「好的，膿包包包！」

就像所有的蝦類一樣，龍蝦爸爸是倒着走的。此刻，他正在教訓在學校考試分數不及格的龍蝦兒子：「如果你再這樣下去，你就永遠不能……進步啦！」

呱呱鵝興致大發：「該輪到我講啦！」

蛇媽媽為蛇寶寶買了一份生日禮物，蛇寶寶激動地說：「媽媽，快幫我打開禮品包裝，我簡直要……褪皮了！」（在意大利語裏，褪皮這個詞stare alla pelle，也是欣喜若狂的意思。這裏是雙關語！）

我一聽連聲叫道：「大家安靜，我也知道一個故事，不知你們聽過嗎？」

法官審問一根香蕉，香蕉說：「只有我的樹皮在場時，我才會發言！」（在意大利語裏，樹皮avocado的諧音是avvocato，表示律師。這裏是雙關語。）

一陣陣的歡聲笑語，彩虹巨龍也終於忍不住了，加入了我們講笑話的隊伍，給大家出了幾道腦筋急轉彎的題目……

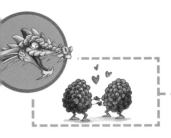

一個戀愛中的木莓在幹什麼？它在做一番莓的表白！（意大利語「莓」的拼寫類似於「愛」的拼寫，這裏是雙關語。）

一頭大象為什麼四腳朝天在空中踢來踢去？牠在和蚊子搏鬥！

什麼動物會同時出現在三個地方？是鷹。（意大利語鷹的拼寫是l'aquila，分開來寫就是La-qui-la，分別有那裏-這裏-那裏的意思。）

秋天，為什麼樹葉會從樹枝上脫落？因為樹葉討厭了！（意大利語seccato表示討厭，又有乾枯的意思，這裏是雙關語。）

膿包笑得前仰後合：「啊哈哈哈，太好笑了！」

他在地上滾來滾去，冷不防掉進一條冰縫……跌進了深洞中！

155

我只不過是隻老鼠，
一隻普通而膽小的老鼠……

我連忙趴在地上，把臉貼在次縫洞口，向裏面大聲呼喊着：

「膿包包包包包包包包！」

洞內沒有任何應答聲。

奧斯卡急得直嚷嚷：「看來我們必須要下到洞內，才能把它救上來！」

呱呱鵝聒噪地説：「要是他剛才當心點，就不會這樣倒霉了。我一直告誡他……」

我連忙打斷她的話：「小姐，別再埋怨了，這可是**性命攸關的時候**！」

冷靜下來後，我找來一根繩子，用繩子的一端把自己繫上，另一端由**伙伴團的朋友們**拉住。

奧斯卡握握我的手爪：「鼓起勇氣，我的朋友，你一定能行的！記住，你不是孤獨一個，我們都和你同在！」

156

　　我用力地點點頭，然後抓着繩子向冰縫洞裏緩緩下降……這時，我又發現了一把水晶鑰匙：好奇怪呀！（見157頁）

　　我的鬍鬚因為緊張而不住地**顫抖**起來。

　　咕嘰嘰，從小到大，我只不過是一隻老鼠，一隻普通的老鼠，一隻膽小的老鼠……

　　儘管我**害怕**極了，可我與膿包的情誼最終壓倒了恐懼！

　　我抓住繩子順着冰縫一直往下降，只聽見旁邊的冰牆發出令我心驚的聲響：**吱嘎吱嘎吱嘎**！

　　奧斯卡的呼喚聲從高處傳下來：「抓緊時間，謝利連摩，冰縫收縮變得越來越小了！」

　　不知過了多久，我總算降落到了洞底：「你怎麼樣了，我的朋友？」

　　躺在冰地上的膿包，發出微弱的聲音：「救救我！」

　　我謹慎地用繩索將他牢牢地綑住，並高聲呼喚同伴們用力向上拉。時間彷彿靜止了一般

凡事皆有可能……

　　如果，你有朋友正處於危險的境地中，友情會增加你的勇氣，增加你的智慧和體力，給你的心靈注入強大的力量，讓你戰勝眼前的所有困難和恐懼！

漫長，膿包終於被大家努力拉出
了洞外。現在，該輪到拉我了！

　　冰縫越來越窄，我還來得
及被拉出去嗎？

　　也許，我會被馬上就要靠
攏的冰縫，**壓**成一張扁扁的紙
片？

　　冰縫漸漸閉合了：**吱嘎**！

　　眼看冰縫就要閉合的一瞬間，我用盡全身的力
氣，騰地一躍而上。

　　哎喲，好險⋯⋯***真是一番奇遇呀！***

　　我和膿包萬分激動地緊緊擁抱在一起⋯⋯這時我
們又找到了一把水晶鑰匙：好奇怪呀！

　　(見下圖)

你能
發**現那**把
水晶鑰匙嗎？

一切都是值得的！

　　生命中許多重要的事情（讀書、運動、工作、戀愛）都需要花費精力，不過，這一切都是值得的。當你想要完成一個重要的心願時，即使感覺很累，也千萬不要半途而廢，當你已經實現了心願時，那麼，你吃得苦越多，你就會越有滿足感！

有朋友⋯⋯

真好！

拜見巧克力皇后！

遠遠地遠遠地遠遠地我們望見了一座宮殿的尖頂。那就是宏偉的**巧克力城堡！**

我們踏上一條由餅乾鋪成的小徑，沿着這條路，走到一座由**五顏六色的糖果**砌成的城堡前。

城堡周圍，環繞着一條泛着金光的護城河：河水竟是**蜂蜜**！

我們踏進河中，頓時，被黏得想動也動彈不得！

一隊餅乾小人雄赳赳地站在城堡上，敏捷地放下了巧克力做的吊橋。

另一隊餅乾士兵，整齊地從城堡裏走出來，大聲質問道：「你們是誰？你們想幹什麼？你們為何來這

你們……　　你們想……　　你們　　　　　　來這裏？　　　　來自……
　　是誰？　　　　幹什麼？　　　為何……　　　你們　　　　　向……

160

你能發現那把水晶鑰匙嗎？

161

咦，蜂蜜？

裏？你們來自何方？」

我狼狽地慌忙擦去身上黏糊糊的蜂蜜……這時我又發現了一把水晶鑰匙：好奇怪呀！（見161頁）

我高聲喊道：「請讓我們過去！我的名字是史提頓，**謝利連摩·史提頓**，我身邊的這幾位，是尋找幸福的伙伴團成員。我們想要拜見甜品國的皇后！但是為什麼你們的護城河，是由**蜂蜜**釀成的呢？」

一個小人呵呵地笑起來：「這是為了防止**盜賊**進入城堡。要知道我們用這招，擋住了不少的小偷呢！」

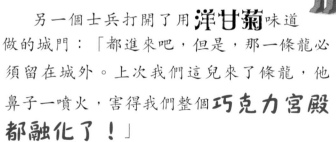

另一個士兵打開了用**洋甘菊**味道做的城門：「都進來吧，但是，那一條龍必須留在城外。上次我們這兒來了條龍，他鼻子一噴火，害得我們整個**巧克力宮殿都融化了！**」

我一聽火大了，馬上抗議道：「巨龍是我們伙伴團的伙伴之一。如果你們不讓他進去……我們就誰也不進去了！」

洋甘菊味道做的城門

另一個士兵嘟嚷道：「好吧，不過，他只能等在陽台上！」

一個士兵領我們進入了城門，來到一個大廳，只見，一個噴泉正嘩嘩地噴着**玫瑰糖漿**。

噴出
玫瑰糖漿的
噴泉

等在窗外陽台上的彩虹巨龍，調皮地朝我眨了眨眼睛，我也向他眨眨眼睛，現在，尋找幸福伙伴團的每個成員都進入了**城堡！**

我向**巧克力皇后**恭恭敬敬地鞠了一個大躬……這時，我竟又發現了一把水晶鑰匙：好奇怪呀！ **(見164-165頁)**

「尊敬的皇后，你知道幸福之心藏在哪裏嗎？」

「我當然知道，我也會告訴你，不過，你必須先通過一道考驗！」

所有的餅乾士兵齊聲高唱：「異鄉客必須先通過考驗！」

乳酪蛋糕配方

8個人的分量

基本材料：200克脆餅乾，150克融化的牛油，50克去皮杏仁，50克去皮的榛子仁。

蛋糕餡：450克鮮乳酪，200克攪拌好的忌廉，50克巧克力漿，80克糖霜，以及橙汁。

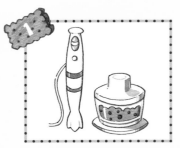

拜託家人用攪拌機將餅乾、杏仁和榛子攪碎。

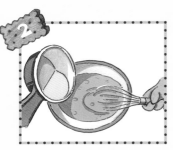

將混合攪拌後的碎末倒進碗裏，將融化的牛油倒在裏面。

準備一個蛋糕模具，直徑是21毫米。

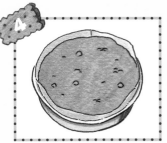

將攪拌好的混合物，均勻地倒進模具，隨後放進冰箱冷藏。

將糖霜和橙汁混合，放進一個碗中攪拌。

將鮮乳酪和忌廉倒進碗中，均勻地攪拌。

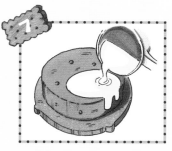

將蛋糕倒出模具，在上面塗上攪拌好的乳酪忌廉。

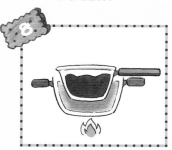

拜託家人將巧克力漿加熱，然後，將其倒進開口順滑的糕點袋中。

用手捏住糕點袋袋口，只留一點袋口往外倒巧克力漿液，隨心地在蛋糕表面裱上花型（比如星星形狀）。

將蛋糕放回冰箱，直到蛋糕上的巧克力凝固為止。就這樣乳酪蛋糕做好了……祝你好胃口！

裝滿巧克力磚的房間！

我離開廚房，將蛋糕端給皇后品嘗：「陛下，既然我已經通過了考驗，你現在可以告訴我，**幸福之心**是在你們國家嗎？」

皇后大聲地尖叫道：「這就是我的回答，你這老鼠：幸福之心並不在**甜品國**。不過，你卻要永遠留在這裏，我要你永遠為我製作甜點！」

我果斷地拒絕了她的要求：「非常抱歉，陛下。我必須馬上出發了！」

她固執地叫嚷起來：「我一定要你留下來！」

她傲慢地將一把鑰匙掛在脖子上：「跟我來……我要讓你見識見識，看看我那堆滿**巧克力磚**的房間！」

我十分好奇地跟隨她走下樓梯，一道大門出現在我們面前。

皇后用鑰匙吱呀一聲打開門，只見，堆得像房間一樣高的**巧克力磚**在我面前閃閃發光⋯⋯我驚訝得張大了嘴巴。

皇后自豪地說：「這些**巧克力磚！**是由成千上萬的100%純度的可可製作而成的美味巧克力，包裹在精巧的錫紙中！用你的鼻子聞聞，你就會聞到**巧克力**的香味！」

我俯身向前，貪婪地聞了起來：

「果真是非常好聞的香味呀！」

皇后又試圖說服我：「如果你肯留下來陪我，我就把這些寶貝都送給你！」

「陛下，我既然受仙女國皇后之託，必須完成一項重要的任務⋯⋯我就必須離開這兒！」

眼看勸說不成，皇后一下震怒了：「你膽敢違抗我的旨意？」

　　正在這時，大地發出一陣轟隆隆的巨響，瞬間，大家萬分驚慌：

　　「不得了啦，可可火山爆發了！」

　　我和伙伴們飛快地跑出大廳：只見，從火山頂部噴出滾滾的**巧克力濃漿**，滾燙的濃漿四下傾瀉流淌。

　　趁着士兵們亂作一團，彩虹巨龍將我們一個個接到他背上，展翅飛向空中。只聽見皇后像發瘋了似的，一邊狂追，一邊尖叫：「快回來，你還要給我做好多好多的甜品呢！」

　　我們一路高歌，堅定地向着下一個國度進發……

 玩具國！

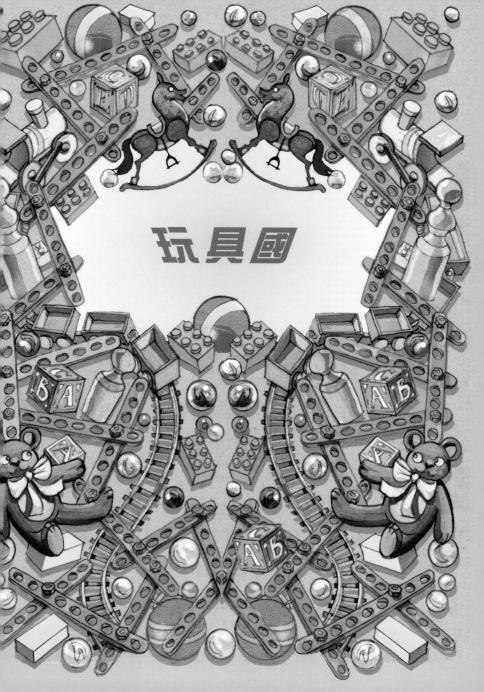

玩具國

1. 音樂盒峯
2. 撲克牌城堡
3. 積木山
4. 毛筆林
5. 水彩湖
6. 滑梯瀑布
7. 玩具城堡
8. 自行車谷
9. 鉛製士兵軍營
10. 娃娃城
11. 娛樂峯

12. 謎之堡
13. 巧克力工廠
14. 哆嗦山
15. 玩具火車道
16. 鞦韆林
17. 骰子谷
18. 陀螺湖
19. 塑膠花森林
20. 長毛絨之城
21. 搖擺木馬湖
22. 微笑村

你能發**現那**把**水晶鑰匙**嗎?

183

從木頭上……滴下的眼淚！

　　我們突然注意到，在地上，有一圈圈的痕跡：那是木頭滴下的**眼淚**！大家十分好奇，順着眼淚痕跡找去，我們來到一個**玩具作坊**，當我們四處張望時，我又找到了一把水晶鑰匙：好奇怪呀！ **(見右頁)**

　　一個搖擺木馬，正站在那兒嗚嗚地**哭泣**着！我們好奇地問道：「你為什麼這樣傷心啊？」

　　他啜泣道：「我好難過，因為，我是個被丟棄的廢物。再沒有誰要和我一起玩了！」

　　他傷心地向我們講述了他的故事……

旋轉木馬「閃電」的故事

　　我的名字叫閃電。

　　許多許多年以前，人們還沒設計出塑膠玩具和電動玩具。孩子們日常的玩具，是布料做的娃娃、鐵皮小火車，還有木頭的搖擺木馬……我就是他們中的一個。

　　我的主人是個男孩子，名叫皮埃羅。

　　他最喜歡和我一起玩耍；他常常騎在我背上，和我一同夢想着像風一樣，疾馳在廣闊的大草原上！我和小主人結下了很深厚的感情。

　　隨着時光流逝，小主人漸漸地長大了，沒法再和我一同玩耍。於是，皮埃羅的媽媽把我收拾到了閣樓上的雜物堆：「這個小木馬沒什麼用啦！」

　　有一天，皮埃羅的爸爸爬上閣樓，當他搬動傢具時，砸壞了我的木腿。

　　這樣一來，我廢掉了，再也不能搖擺了……

　　沒過多久，皮埃羅一家就要搬家了。他們把閣樓裏的其他雜物，也一起打包帶走，惟獨沒有帶走我；在他們看來，我只是塊又老又破，斷腿的木頭！

　　他們冷漠地把我扔進了垃圾桶。

　　我一瘸一拐地從裏面爬出來，從此，就躲進了這個馬廄。我的眼淚止也止不住，嗚嗚嗚，我難過極了！

　　很多很多年以前，我曾是威風敏捷的「閃電」，而如今，我只是塊被人遺忘的爛木頭！

　　這就是我的故事！

我招了招手，叫伙伴們都過來。

我們大家圍在**閃電**身旁。

奧斯卡微笑着説：「我一定能修好你的木腿，讓你和從前一樣漂亮，不對，是比從前**更漂亮**！」

我們説幹就幹，大家分頭找來了錘子、釘子、膠水、畫筆和油漆。

我們耐心地釘好了搖擺木馬的木腿……黏上了馬的韁繩……將馬鞍塗成鮮

豔的**紅色**……將鬃毛塗成

了神氣的**棕色**……將眼睛

塗成深沉的**藍色**。

閃電感動地哭了：

「太好了！你們再一次賦

予了我**新**生命！」

大家一起玩

一個人玩，並不會開心。最開心的事，並不是一個人獨佔許多玩具，而是和朋友們一起玩耍。

嘗試和大家分享你的玩具，你會認識更多的新朋友！

一個無厘頭的國王

我們重又踏上旅途，一路前行，來到了**玩具城堡**。

兩個鉛做的士兵，攔住了我們。

「站住！你們是誰？」

「我名叫史提頓，**謝利連摩·史提頓**，我們特地前來拜見玩具國的國王！」

我們被領進王宮……這時，我又發現了一把水晶鑰匙：好奇怪呀！**(見右頁)**

我恭敬地向**國王鮑勃**五世鞠了個大躬：「陛下，請問幸福之心在你的國度嗎？」

國王用放大鏡對着我，左瞄右看道：「真是上等的**長毛絨**呀！」

「陛下，我並不是一塊長毛絨，我名叫史提頓，**謝利連摩·史提頓！**」

真是上等的長毛絨呀！

黏鬚用的材料也很逼真！

應該不是人造毛皮！

放開你的手！

王：橫、豎、斜線都可以走，但是，每着僅限走一步。一方的王受到對方棋子攻擊時，被攻擊方必須立即應將，否則，王即被將死，就輸掉了比賽。

后：任何方向（橫、直、斜）都可以走，步數不受限制，但不能越子。

 車：橫、豎方向（上、下、左、右）均可以走，不能斜走。格數不限。

象：只能斜走。格數不限。

 馬：是惟一可以越棋子走的棋子。每步棋要走出L形：先橫走或直走一格，然後再斜走一格。

兵：只能向前直走，每一着只能走一格。但走第一步時，可以最多直進兩格。兵的吃子方法與行棋方向不一樣，它是直進斜吃，就是說，兵的斜進一格內，如果有對方棋子，就可以吃掉它而佔據該格。

為了贏得對手，必須將死對方的王！

記住！

無論你參加人生中的任何一場遊戲或比賽，都必須遵循規則！這是尊重對方，也是尊重你自己！

勝利的滋味很不錯，
前提是你必須遵守規則！

國 **王鮑勃** 將一個沙漏放在棋盤邊：
「聽好了！老鼠，你共有四十分鐘的時間下
這盤棋；超過時間，你就輸了！」

國王狡猾地向我眨了眨眼，試探着：
「你想 **來杯茶** 嗎？」

我客氣地搖頭道：「不，謝謝！」

當我回過頭再查看自己的棋盤時……我
的一個兵竟失蹤了！

我氣憤地大聲抗議，可一點用也沒有。

國王又殷勤地向我努努嘴：「你不
想來塊 **甜點** 嗎？」

我又一次謝絕了：「不，謝謝！」

我轉頭看看自己的棋盤……天啊，結果我的一個
馬又不見了！

　　　　我又氣又惱，厲聲地抗議，可一點辦法也沒有。

　　　　國王又向我揮揮手：「你想要個**咕咂**嗎？這樣會更舒服一些。」

　　　　我再次謝絕了：「不，謝謝！」

　　　　我趕緊瞄了瞄自己的棋盤……我的天啊，結果我的一個象又不見了！

　　　　無論我怎樣大聲抗議，可什麼用也沒有。

　　　　接連丟兵少象，無奈的我只好硬着頭皮比賽，這時，我又找到了一把水晶鑰匙：好奇怪呀！（見198-199頁）

　　　　我開始靜下心來，仔細分析研究棋局。國王鮑勃雖然很善於作弊……可他卻不夠聰明！

　　　　他甚至還沒有發現，我已經在不知不覺之中戰勝了他！

　　　　我興奮極了，跳起來大叫道：「哈，**我將死了你的王**！現在，陛下該回答我的問題了：幸福之心在哪裏呢？」

你能發現那把水晶鑰匙嗎？

198

你能發現那把水晶鑰匙嗎？

203

一個身穿藍色睡衣的布娃娃快步走過來，遞給我一杯熱氣騰騰的飲料。

我好奇地問：「這是什麼？」

「一杯可可奶，如果你喝了它，會睡得香極了！」

我舒舒服服地躺在軟綿綿的枕頭山上，咕嚕嚕地喝光了飲料。還沒過幾分鐘，我的上下眼皮就撐不住了，睏睏睏睏……以一千塊莫澤雷勒乳酪的名義，我好想睡覺哇！

我好像是為自己找藉口：「反正這裏沒有鬧鐘，我想睡到什麼時候，就能睡到什麼時候！」

可這樣舒服的狀態沒維持多久，我就又感到厭倦了。

枕頭谷看上去很舒適，可在這裏……我怎麼還是覺得心裏空落落的。

肩負使命的我知道，該是重新踏上征途的時候了……

我們一個個地騎上巨龍，向着下一個國度——黃金國飛翔！

黄金國

1. 珠寶峯
2. 輝煌宮
3. 寶石林
4. 祖母綠草坪
5. 珍珠瀑布
6. 天青石湖
7. 戒指鎮
8. 珍珠海
9. 礦石山
10. 紅寶石岩
11. 純銀峯
12. 㿿薔沙漠
13. 藍寶石淵
14. 黑鑽石礦
15. 珍寶城
16. 項鏈沼澤
17. 鍍金湖
18. 鉑金河
19. 金錠鎮
20. 紫晶岩

麼這裏什麼生物都沒有？沒有青蛙，沒有松鼠，沒有小鳥，也沒有昆蟲……」

我下意識地點點頭：「沒錯，你說得有道理，我覺得**很奇怪！非常奇怪！！奇怪極了！！！！**」

呱呱鵝略帶蔑視地努了努嘴：「小蟑螂總是大驚小怪，他知道些什麼呀……一隻小小的蟑螂，怎麼會懂得珠寶的珍貴呢！」

奧斯卡聽了卻一聲不響，悶悶不樂。

我拍拍他的肩膀：「算了，別太在意！」

我們沿着黃金堆成的峽谷向前走去，不一會兒就來到一座金燦燦的宮殿前：這就是**輝煌宮！**

我低下頭……又發現了一把水晶鑰匙：好奇怪呀！**(見左頁)**

我們來到宮殿的大門口，我定下神來，輕輕地敲了敲門：「可以進來嗎？」

不過無人應答。

我試着扭動門把手，門竟然打開了，伙伴們緊隨着我進入了宮殿。

211

事物的真正價值

任何事物的價格標籤，往往並不等同於它的內在價值。看上去微不足道的東西，卻可能十分重要，也許它正是你生命中最珍貴的！

「我們不必夢想做偉大的事，而只需要滿懷愛把日常小事做好。」

——德蘭修女

膿包卻哭得一把鼻涕一把眼淚：「我的那些金幣呀……我膿包曾經是多麼的富有呀！」

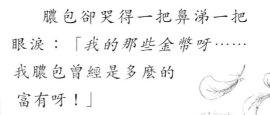

呱呱鵝也哇哇大哭起來：「我的那些珠寶呀……想到它們沒有了，我絕望得就要撕扯羽毛！」

不一會兒，筋疲力盡的彩虹巨龍在一塊石頭山上着陸了。

奧斯卡躺在一塊石頭上，望着繁星點點的夜空，滿足地歎了口氣：「我覺得自己很富有了！只要看看星空……那裏有幾萬顆幾萬顆幾萬顆閃閃發亮的小星星，在看着我呢！」

膿包啜泣着說：「沒錯，但是我的那些金幣……」

奧斯卡耐心地安慰他：「最大的財富，是有一輩

221

真心的朋友！其實，生活中最珍貴的是友誼、愛情、健康和自由，這些都是無價的，卻是用多少錢也買不到的！」

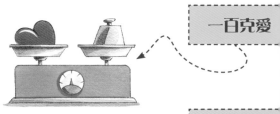

一百克愛

「舉個例子吧，你能用錢買到**一百克**愛，**一公升**友情和一米快樂嗎？絕不可能！」

一公升友情

我贊同地拍起手來：「說得好，奧斯卡！」

一米快樂

我和伙伴們靜靜地躺在山頂，沐浴在閃着銀光的星河之下。

在山腳下，一片廣闊的國度向遠處延伸，在這裏居住着無數的**白雪公主**、**白馬王子**和**會說話的動物**……

我突然醒悟過來。

原來，我們……

已經到達了……

童話國！

童話國

我一直夢想的……國度

彩虹巨龍又恢復了體力，載着我們重新起飛，伴着微風，我們越過誘人的小美人魚海和三隻小豬的窩。

我們一路不停地思索，期盼能在這個國度找到幸福之心。

童話國

國王： 在這個王國，沒有任何國王和皇后！

居住的宮殿： 童話宮。

錢幣： 童話金幣。

語言： 童話語

王國信息： 這裏的所有居民，都是全世界各地的神話、童話和寓言中的主角！

我們走過清澈的 醜小鴨池 和繁茂的

小紅帽林！

經過濃鬱的 漢斯和格萊泰森林……

我們又經由 美女和野獸城堡，皮諾丘 的

村莊，路過夢幻般的 睡公主 森林。對了，還

有 白雪公主 和 七個小矮人 的小屋……

穿靴子的貓 磨坊、小金魚 的

池塘、棲息着 青

鳥 的森

林！當然，還有 說話的

動物森林！

我好開心哦，終於能

夠如願地來到 童話國

了！

要知道，我一直夢想着
遇到童話書中的主角！！

227

會說話的故事書

膿包告訴大家：「現在，我們要去拜訪會說話的故事書了。這是本很特別的故事書，它包含了世間所有的故事和童話！我猜，在這裏我們能夠找到**幸福之心**！」

在銀色的月光下，我們開始了攀登。

我們腳下的小路，刻滿了依稀可辨的阿拉伯字母。

呱呱鵝一時興起，大叫道：「等一會兒，我要讀一下！」

膿包不屑地反駁道：「它才不會睬你這個饒舌鬼呢！」

奧斯卡在一旁忙打圓場：「我看，還是讓謝利連摩來讀吧！」

我笑了笑說：「朋友們，希望我能對得起你們的信任！我會盡自己最大的努力！」

　　我在一個個字母上行走，有一種**奇怪**的感覺直湧上心頭。這些字母孕育了多少*話語*和*故事*呀！

　　我們沿着腳下的小路走到了盡頭，在我們面前的是一本**巨大**的書，彷彿足球場般巨大。但書的扉頁是合上的。

　　我有些捉摸不透：看上去，這本書並不會說話呀！

　　我勉強張開了嘴：「呃，你好，會說話的故事書！我能問你幾個問題嗎？」

　　話音剛落，童話書的書頁開始翻動起來……隨着，從裏面蹦出一個個生動的人物：*仙女*、*女巫*、*精靈*、*矮人*、*巨人*！

　　我目瞪口呆地看着他們……這時，我又找到了一把水晶鑰匙：*好奇怪呀！* （見 230-231 頁）

你能**發現**那把**水晶鑰匙**嗎?

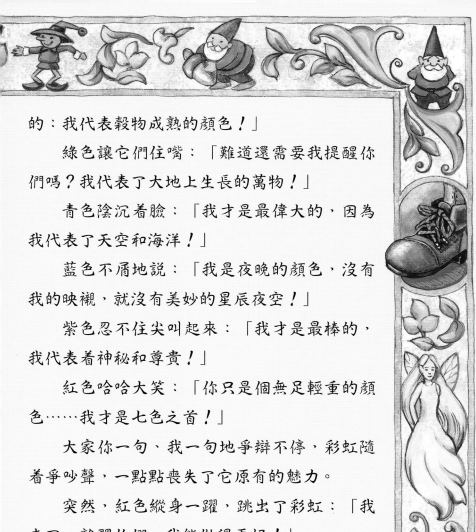

的：我代表穀物成熟的顏色！」

　　綠色讓它們住嘴：「難道還需要我提醒你們嗎？我代表了大地上生長的萬物！」

　　青色陰沉着臉：「我才是最偉大的，因為我代表了天空和海洋！」

　　藍色不屑地說：「我是夜晚的顏色，沒有我的映襯，就沒有美妙的星辰夜空！」

　　紫色忍不住尖叫起來：「我才是最棒的，我代表着神秘和尊貴！」

　　紅色哈哈大笑：「你只是個無足輕重的顏色……我才是七色之首！」

　　大家你一句、我一句地爭辯不停，彩虹隨着爭吵聲，一點點喪失了它原有的魅力。

　　突然，紅色縱身一躍，跳出了彩虹：「我走了，離開你們，我能做得更好！」

　　其他顏色也不服氣地各自離開，就這樣，

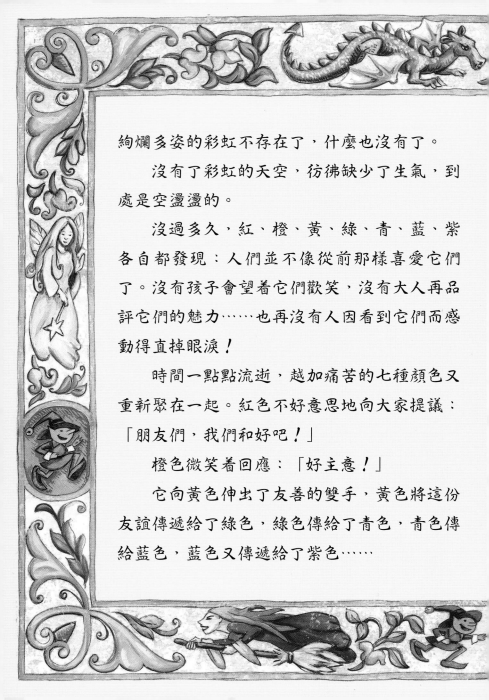

絢爛多姿的彩虹不存在了，什麼也沒有了。

　　沒有了彩虹的天空，彷彿缺少了生氣，到處是空盪盪的。

　　沒過多久，紅、橙、黃、綠、青、藍、紫各自都發現：人們並不像從前那樣喜愛它們了。沒有孩子會望着它們歡笑，沒有大人再品評它們的魅力……也再沒有人因看到它們而感動得直掉眼淚！

　　時間一點點流逝，越加痛苦的七種顏色又重新聚在一起。紅色不好意思地向大家提議：「朋友們，我們和好吧！」

　　橙色微笑着回應：「好主意！」

　　它向黃色伸出了友善的雙手，黃色將這份友誼傳遞給了綠色，綠色傳給了青色，青色傳給藍色，藍色又傳遞給了紫色……

向外舉起手掌，來回招動！

你通過用手勢比量動作，根據**手勢**的變化來類比形象或者音節，可以表達各種含義。

下面，我們就一起學習幾個最常見的手語吧！

黃色箭頭表示手的移動方向。

早晨！

1

將一隻手放在下巴附近，手掌朝下。

2

將兩隻手握在一起，然後手掌向上揮動。

3

將雙手舉高。

1

2

用兩根指頭摸摸下巴，然後手掌朝下。

用食指指向對方。

1

2

用兩根指頭摸摸下巴，然後手掌朝下。

一個一個地拼出組成你姓名的每個單詞！

你住在哪兒？

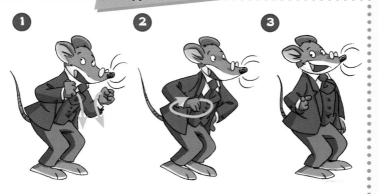

1 放下雙拳……

2 用雙手劃一個圈

3 用食指對準對方！

我住在……

1 放下雙拳……

2 用食指對準自己……然後一個一個地拼出組成你居住地的每個單詞！

你想和我一起玩嗎?

❶ 用雙手劃兩個圈

❷ 將雙手攤在胸前

❸ 伸出你的食指和大拇指，然後將食指指向你自己，大拇指指向對方!

好主意!

❶ 將食指放在太陽穴上……

❷ 然後，將食指從太陽穴上移開……

謝謝!

將手放在自己的嘴唇上，然後向下移開!

你幾歲了?

①

②

將手攤開,按在
胸脯上……

將食指指向對方!

我八歲了!

①

②

將手攤開,按在
胸脯上……

伸出手指,數出
自己的年紀……

247

重返仙女國

第二天天剛曚曚亮，我們就出發了。

膿包嚷嚷着告訴大家：「**我們要回到仙女國啦！**」

當彩虹巨龍載着我們，降落仙女國的水晶跑道上的那一刻，我竟然又發現了一把水晶鑰匙：好奇怪呀！（見248-249頁）

我的情緒十分低落。我該如何向芙勒迪娜解釋：**我兩手空空地回來見她呢？**

我將手爪伸進口袋，心不在焉地把玩着旅途上找到的一串串**水晶鑰匙**。

它們到底有什麼用呢？唉！

我的視線移到天空，傍晚的第一顆**星星**在晚霞中現出身影……我的心裏突然感到一種說不清的甜蜜！從小時候起，我就喜歡仰望夜空中的星辰。

我還記得，長輩們曾經告訴我關於**友誼**的道理：「真正的朋友就像夜空中的星辰……當天空被烏雲所籠罩時，你才能清楚地分辨出他們的存在！」

觸景生情，我微微地歎口氣，凝視着那顆亮晶晶的星星。

你能**發現那把水晶鑰匙**嗎？

三十三把水晶鎖！

那竟然是顆流星！

我趕忙許下心願：「親愛的小星星，請你幫幫我找到幸福之心！」

流星從天際滑落滑落滑落滑落……

它竟然在我們身邊滑落！只見那流星不偏不倚地落進了仙女們的後花園裏！就直落在那一棵巨大的水晶櫟樹下！

我連忙招呼伙伴們：「快，我們要跟隨小星星滑落的軌跡！」

大家急忙快步向花園跑去。

我們經過一叢叢開得正豔的水晶玫瑰，它們正迎着傍晚的微風輕輕搖擺……這時我又拾到了一把水晶鑰匙：好奇怪呀！**(見252頁)**

你能
發現那把
水晶鑰匙嗎？

252

三十三把 水晶鎖!

我們經過一個水晶池塘，上面靜靜地飄浮着水晶睡蓮，甚至，還有一條 **水晶小魚** 在朝我們做鬼臉呢！

咕嚕！

我們三步並兩步地奔到大櫟樹下：樹葉伴着微風發出叮叮咚咚的聲響。

我猛然發現櫟樹的根部隱藏着一道小門，門上面掛着三十三把 **水晶鎖**。

我恍然醒悟：我在旅途中找到的那些 **水晶鑰匙**，加起來不多不少，正是三十三把……這時，我終於明白了仙女們唱的歌謠：原來這些小鑰匙，正是開啟幸福之門的鑰匙呀！

它們到底有什麼用？

1 2 3 4 5 6 7 8 9 10 11 12
13 14 15 16 17 18 19 20 21 22
23 24 25 26 27 28 29 30 31 32 33

253

在櫟樹的根部，隱藏着一道很小很小很小的門。

我激動地伸出顫抖的手爪，咯嗦着掏出鑰匙串，一個接一個地打開了小鎖……我鑽進半掩的小門……突然，我的身體猛地向下墜落落落落落落落落落落落落落落落落落落落落落落……落

2

······我鑽進半掩的小門······

3

我猛地向下墜落······

255

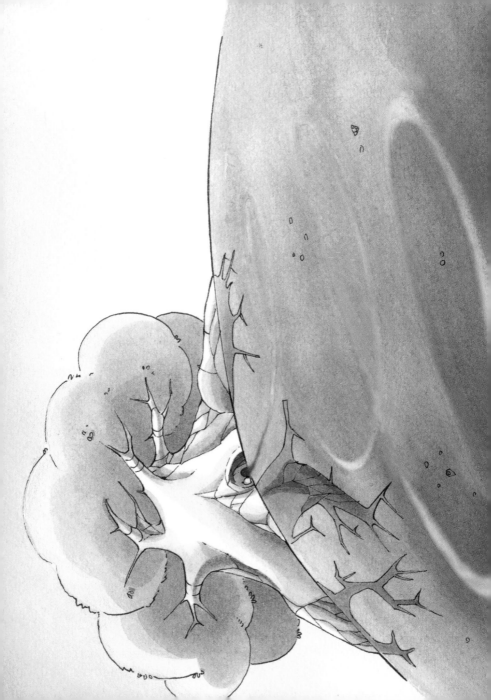

突然，我抬頭看到從高
處透進來的光線……

我進入了一個巨大的水晶岩洞裏！

（你想知道這些夢想語說的是什麼嗎？請翻查第 29 頁）

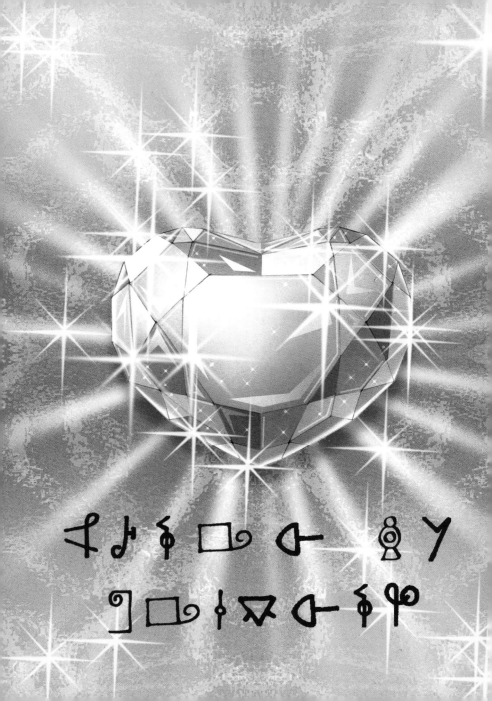

每顆心似乎都在召喚着我：「選我吧，選我吧，選我吧！」

我的腦中湧起一種強烈的慾望……我想把這些珍奇的寶貝通通都帶走！

我握緊雙拳，高聲地叫嚷道：「**幸福之心**是我的，是我的！我一定要得到它！我甚至可以把這七顆心通通都拿走……我可捨不得把它們留在這裏……**它們太美啦！**」

但是，我突然又想起了在我臨行前仙女國皇后説的話：「記住，讓一切聽從心靈的指引！」

我狂躁的內心逐漸冷靜下來，久久地凝望着眼前的七顆心，**思索，思索，再思索。**

無論怎樣，我只能選擇一顆心，帶給**仙女國的皇后**……

唔，仙女國的城堡是用什麼材料做的呢？

不是黃金……

也不是白銀……

更不是其他寶石……

仙女們並不重視金錢，卻看重純潔！

仙女們不會選擇最昂貴的那顆心！

仙女們會選擇最純淨的那顆心，哦，我明白了，我伸出手爪，果斷地取出了那顆⋯⋯透明的水晶心。我終於終於終於明白啦！

「這就是**幸福之心**！」

水晶是最純淨的物質，也是七顆心中惟一一顆可以折射陽光的！

我舉起它，只見一縷縷陽光透過晶瑩的水晶，形成了一道七色彩虹！

這顆就是幸福之心！

秘密通道！

現在，我必須想辦法離開這兒，我的目光掠過四周的岩壁，可……我卻連一個出口都沒找到！

難道我就這樣被困在沒有出口的岩洞中了嗎？

難道我就要一輩子關在這裏嗎？

我會不會變成一堆可怕的白骨呢？

哆哆哆哆哆！好恐怖呀！

突然，我發現瀑布旁的石頭上，淺淺地刻着幾行字，原來是七個謎語。

為了逃出這裏，我必須找出謎語的答案。

我費了好大的功夫，終於將它們一道一道解開了。

你們也來試試吧！

岩洞的出口就在這附近！

快來猜猜我的七道謎⋯⋯

一道透明的輕紗將你與世界分開，

一層清澈的薄霧在你面前展開。

一層清澈的薄霧在你面前展開，

如果你希望找到隱藏的暗道，

答案將會從七個謎底中揭曉⋯⋯

每個謎底的首個字母，

將是指引你離開此地的出路！

什麼東西在海裏生長，可既不是魚，也不是植物？

 什麼東西即使不冷，卻總是穿着很多衣服？

 什麼東西從一個地方到另一個地方，卻不需要移動步伐？

 什麼東西有領子卻沒有頭？有雙臂卻沒有手？

 什麼東西在天冷時卻脫掉衣服？

 哪個字母可以喝？

 什麼東西只有一隻眼，拖着一根長長的尾巴，但尾巴卻會不斷收縮？

岩洞的出口就在這附近！

快來猜猜我的七道謎……

答案：1. 珊瑚（Corallo） 2. 椰菜花（Appendiabiti!） 3. 街燈（Strada） 4. 襯衫（Camicia） 5. 樹（Albero） 6. 字母T（茶，Tè） 7. 縫衣針（Ago da cucito）縫上圓孔母母的眼睛，拖着一個長長 的線（綫）。「Cascata」（瀑布）。

我喃喃自語：「呃，這七個單詞的首個字母，拼成了一個單詞……Cascata（瀑布）！原來岩洞的出口就藏在瀑布後面！」

我大膽地伸出一隻手，穿過那道透明、純淨的水簾。

我透過濛濛的水霧，看到瀑布後面隱藏着一條水晶天梯，於是，我縱身一躍，躍過瀑布。

我仰視着那道高高的水晶天梯，看到光線從天梯上灑下來：我終於找到了出口！

我伸出一隻手，穿過水簾。

我看到瀑布後隱藏着一條水晶天梯……

……我縱身躍過了瀑布……

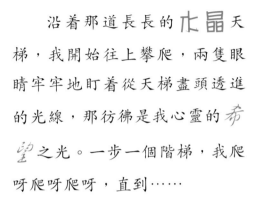

沿着那道長長的**水晶**天梯，我開始往上攀爬，兩隻眼睛牢牢地盯着從天梯盡頭透進的光線，那彷彿是我心靈的**希望**之光。一步一個階梯，我爬呀爬呀爬呀，直到……

……瀑布的另一端隱藏着一道水晶天梯，我順着它爬呀爬呀爬呀！

女巫國皇后駕到

……我終於回到了地面上。但我還沒來得及歡呼，從高處傳來一把惡狠狠的聲音：「把幸福之心交出來！」

只見，我的頭頂上方，停着一條兇猛的**紫色巨龍**，後面拉着一輛宛如**黃昏**的雲彩般閃耀的馬車。

車上現出一張熟悉的蒼白面孔，猩紅的嘴唇，還有唇邊的那顆痣。

一雙狂怒的眼睛正死死地盯着我。是她，**女巫國皇后！**

她厲聲威脅我：「快把那顆心交給我，它屬於我的！」

就在這時，彩虹巨龍緩緩下降，停在水晶花園裏。

我趕忙趁機閃電般地藏好了幸福之**心**。好險，

幸好沒有被女巫發現！

　　女巫從馬車上跳下來，一把揪住了我：「我知道你找到了**幸福之心**！，趕快乖乖地把它交出來！」

　　我故作鎮定地鞠個躬：「很抱歉，陛下，我並沒有找到幸福之心。」

　　她頓時尖叫起來：「我肯定它在你這兒。我什麼都知道！」

　　我的眼角掃到她身後嘻嘻賊笑的小東西，那不是邪惡的**黑蝙蝠國王**嗎？原來是他，一直都在跟蹤我！

　　女巫皇后斯蒂亞譏笑道：「你確實夠聰明，所以，我才假意放走你，因為我要借助你來找到幸福之心！你知道我要怎麼做嗎？我要把那顆心踩在我的**紅色鞋跟**下，把它踏個粉粉碎，這樣，就永遠沒有誰能發現獲

得幸福的秘密了！

　　只有**悲傷**，才能滋養我的黑暗王國。一旦有誰嘗到了**幸福**的滋味，哪怕只有短短的一瞬，他就永遠不想再回到黑暗中了。你快點兒把**幸福之心**給我交出來！」

　　我直視着她的眼睛，鎮定地說：「它不在我這兒！」

　　「我才不相信！」

　　「我說了沒有，就是沒有！」

　　「你在撒謊！」

　　我朝她做鬼臉：「如果你確實什麼都知道，尊敬的皇后，你就應該知道，**謝利連摩**從不說謊……」

　　皇后氣得**大吼一聲**：「大膽老鼠，竟敢如此和女巫國的皇后說話？只要我動動指頭，我手下的**黑暗巨龍**就會一口吞掉你！」

幸福是……

　　幸福是會傳染的，就像痲疹一樣！如果你很幸福，你一定希望將這種感覺傳遞給他人……讓大家和你一樣快樂！

　　在一個樂觀的環境中，你會生活得更開心：被興高采烈的笑臉圍繞，要比被愁眉苦臉的面孔圍繞感覺好得多！

　　如果每個心靈都能被幸福的光芒照亮，這個世界必將會煥發出神奇的光彩！

多奇妙的主意呀！

伙伴們遠遠趕到了，可黑暗巨龍隔在我和伙伴們的中間，噴出一團團火球，將他們困在那裏不能動。

我聽見奧斯卡朝我叫道：「幸福之心在哪裏？」

突然，我腦中靈光一閃⋯⋯為何不試試手語呢？女巫皇后可不會明白其中蘊含的奧秘！

我向奧斯卡高聲回答：「我也不知道！」

與此同時，我飛快 **我將它丟進池塘中了，免得女巫發現！**

將手掌微微合攏，靠近鼻尖，再伸向前方

攤開手掌，靠近心臟，再將手掌移開⋯⋯

伸出食指⋯⋯

將兩個大拇指圍成一個圈，然後兩臂交叉，前後擺動！

地做出一系列手勢：

　　奧斯卡用手語回應我：「 **OK!** 」

　　女巫國皇后並沒有注意我向伙伴們傳遞的手勢，她狠狠地叫道：「我要把你捉走，讓你永遠再也看不到你的朋友們！」

　　說時遲，那時快，黑暗巨龍的巨爪將我嗖地抓離地面，飛向高空。

　　天啊，我們飛得多麼高呀！

　　我看到下方**伙伴們**焦急的身影，變得越來越小，越來越小，直到縮成幾個黑點。

　　他們沒辦法幫我！

　　突然，巨龍放開手爪，我筆直地從空中……跌落下來！

張開雙手，在你面前劃出一個圈……

上下擺動手臂……

將手伸向肩膀……

接着做出投擲的手勢！

信風的翅膀！

風聲從我耳邊呼呼掠過，我恐懼地尖叫起來：「救命命命命命命命命命！我可沒帶降落傘傘傘傘傘傘傘！」

大地離我越來越近了，我墜落的速度**彷彿閃電一般。**

突然，有什麼東西一下子托住了我：兩隻閃閃發亮的翅膀，宛如彩虹般發亮，宛如羽毛般輕盈！

我驚魂未定，四下張望着：原來我正騎在一隻潔白如雪的獨角獸身上！

他溫柔地嘶鳴一聲：「誰笑到最後，誰笑得最好！」

我不解地嘟噥着：「謝謝你救了我！可你是誰？你的翅膀好神氣哦！」

獨角獸笑了笑：「我的名字叫信風，想不想聽聽我的故事？」

290

信風的故事

　　我的出生地，是位於夢想國西部山區的獨角獸之國，那是一片平靜祥和的樂土。

　　有一天，女巫皇后嫉妒仙女國皇后芙勒迪娜的快樂，掀起了一陣可怕的颶風，試圖摧毀仙女國美麗的城堡！

　　芙勒迪娜受了傷，昏迷不醒，要是我當時沒有把她救到我的背上，也許她永遠就停止了呼吸。

　　女巫皇后掀起的颶風，緊緊地在我身後狂追，我像風一樣飛馳，一心想救回芙勒迪娜的生命！

　　我的心在胸中劇烈地跳個不停，我的喉嚨渴得彷彿着了火，汗水濕透了全身。我的蹄子在劇烈的奔跑中受了傷，可我終於超越了颶風的速度，救回了芙勒迪娜的生命！

　　芙勒迪娜終於蘇醒了，我放心地歎了口氣：「哦，我的皇后，真希望有一天我能擁有一雙翅膀，這樣我就能自由地飛翔了！」

　　芙勒迪娜向我伸出雙手：「既然飛翔是你的夢想，那麼，從今往後你將能自由翱翔！我要贈給你一雙翅膀，如羽毛般柔軟，如仙女的呼吸般輕柔，卻像颶風般有力量！從今天開始，你的名字就叫作信風；因為你就像海上吹來的爽朗的信風，給大地帶來甜蜜的資訊！」

　　這就是我的故事！

「我最親愛的朋友，如果沒有你，我已經摔到地上，成為鼠肉醬啦！你想加入我們的伙伴團嗎？有了你，我們就有七個了！」

信風興奮得仰天長嘶一聲，「當然願意了，我的朋友！」

獨角獸信風

　　會飛的潔白的獨角獸。他的速度快如閃電，因為它的翅膀如仙女的呼吸般輕盈！他閃閃發亮的角能夠給人帶來好運：誰觸摸了它，傷口就能痊癒。他以吸吮白玫瑰的花瓣為生。信風是仙女國皇后忠實的侍衛，時刻保護着皇后的安全。

妮薇絲的故事

我的父親統治着冰之國，一個遙遠而寒冷的國度。

　　有一天，天空開始降下鵝毛大雪……大雪一連下了700多個日夜！

　　在飢寒交迫之中，王國的很多居民都陸續地死去了。我的父親命大家造了一艘大船，讓王國裏剩下的子民都登上了這艘船，我們在一片迷茫的天地中，尋找未來的家園。我們的船在海上航行了幾天、幾個星期、幾個月，直到我們進入了夢之海時，海上颳起了可怕的風暴。我的父親命令所有人回到船艙，關上所有的艙門，來躲避暴風雨，可是有一個人卻被關在了艙門外：那就是我！

　　我只是個不起眼的小女孩，沒有誰注意到我，也沒有誰聽到我拚命的哭喊。這時，海上掀起滔天巨浪，一下子將我捲進海中。我昏昏沉沉地在巨浪中沉浮，突然有一雙強有力的爪子抓起了我，帶着我飛向空中：正是彩虹巨龍救了我！他將我帶到了仙女國，好心的仙女收留了我……但從那天起，我就孤獨地生活在世界上，再沒有開口講話了。

　　這就是我的故事！

史提頓家族

我拍拍她的肩膀，安慰她：「你並不孤獨，妮薇絲，你同樣有關心*你的家人*，那就是*我們！*」

我微笑着說：「並不是所有的人，都知道我的特別身世！事實上，在我還是隻小鼠的時候，史提頓家族收留了我，我與表弟賴皮和妹妹菲一起長大。坦克鼠爺爺、玫瑰鼠祖母和麗萍姑媽，**精心**地照料着我，就像我的親生父母……他們就是我真正的家人！所以今天，我才能充滿自豪地說：『我的名字叫史提頓，*謝利連摩·史提頓！*』，我為自己擁有這個姓氏而感到自豪！」

史提頓家族
關於幸福的算術題

如果將你的快樂和朋友分享，你就會獲得雙倍的快樂！而每當你發一分鐘的脾氣，在你的生命裏，就會損失60秒的快樂！

每天夜晚在入睡前，將這一天發生在你身上的美好的事回想一遍，你就會為自己的幸運而感恩！

298

　　我告訴大家：「家，就是一個有人關心你的地方……」

　　膿包補充道：「是一個你感覺被愛，可以放鬆自己的地方！」

　　呱呱鵝撲閃着翅膀：「並不一定要同樣的血緣，才能擁有兄弟姐妹的情誼！」

　　奧斯卡搖晃着身體：「並不需要同樣的性格，才能感受到相親相愛！」

　　獨角獸發出響亮的鳴叫：「並不需要想法相同，才能理解對方的感受！」

　　彩虹巨龍也發出美妙的歌唱：「當大家都感受到幸福時，你就會找到生命的意義！」

無數顆小星星！

　　我高舉雙臂：「朋友們，我們終於可以將**幸福之心**，帶給**仙女國的皇后**啦！」

　　在陽光的照耀下，晶瑩剔透的**心**竟然 變得溫熱起來，透過光線折射，映射出無數**金燦燦的小星星！**

300

大家都驚訝地張大了嘴巴：

「哇噢噢噢噢噢噢噢噢噢噢噢！！！」

我們三步並兩步地向水晶宮奔去。

宮殿的大門無聲息地打開了，我們穿過長長長長長長長長長長長長長長的水晶走廊，向擺放着皇后寶座的大廳直奔而去。

仙女國皇后芙勒迪娜正端坐在寶座上，身邊圍着仙女合唱團。

我激動地向皇后鞠了個躬，雙手捧着水晶心遞給她。

皇后親切地向我微笑：「歡迎你回來，謝利連摩！」

「尊敬的陛下，經歷了許許多多困難和考驗後，我們終於找到了**幸福之心**！」

芙勒迪娜小心地接過了水晶心，「謝謝你，謝利連摩！」

接着，她做出了讓伙伴們和我目瞪口呆的舉動：她漫不經心地將水晶心遞給了一旁的一位**仙女**，吩咐道：「現在……將幸福之心重新放回水晶岩洞中去！」

為什麼？

我不解地大喊道：「什麼？你們要將幸福之心重新放回岩洞？為什麼？我們費了多少汗水，才終於找到了它！」

芙勒迪娜綻放出甜蜜的微笑：「其實我早就知道它藏在哪裏了！最重要的，並不是找到它這個結果，而是你們努力追尋幸福的過程！正是因為這個過程既漫長又辛苦，所以你們才會明白：幸福只來自於自己的內心，而不在於慾望被

滿足……*幸福並不在於你擁有了什麼，而在於你自己感受到了什麼！*這個道理，看似一般卻很**深刻**，因為，它可以讓我們的生活變得從此不同……甚至讓世界從此不同！」

芙勒迪娜慢慢地展開一張羊皮卷：「為了獎勵你們的汗水和勇氣，我要任命你們為*傳遞幸福的大使*。請你們回到家以後，將這個很一般卻又很**深刻**的秘密，傳遞到世界各處去！」

傳遞幸福的大使

我，芙勒迪娜，
仙女國的皇后，
特此任命

謝利連摩·史提頓

為傳遞幸福的
大使！

簽字：
芙勒迪娜

騎上彩虹巨龍

我告別了在這次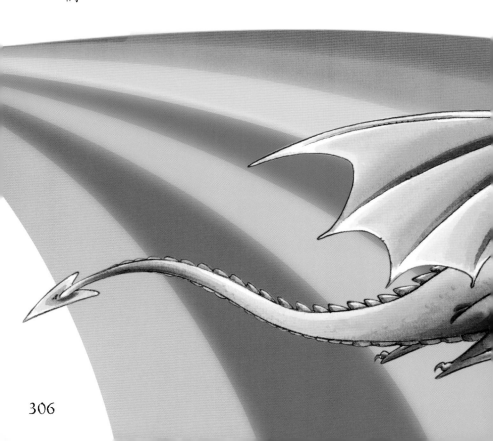奇妙的旅行中認識的朋友們。

騎上 彩虹巨龍

　　我騎上彩虹巨龍，他在跑道上加速……然後飛向天空，有力地搧動着翅膀，**像光速一樣飛快。**

　　我們的眼前出現了一道七色彩虹，只見巨龍頭朝下地向**七色彩虹**衝去。

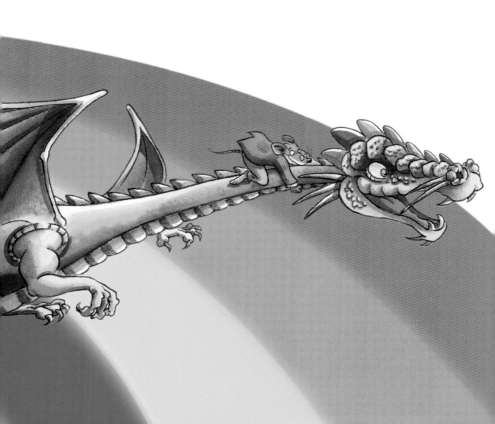

我的鬍鬚嚇得發抖，一顆 心 幾乎跳到了嗓子眼。

　　我感覺自己似乎掉在離心機裏！

　　我緊緊摟住巨龍的脖子，一邊向下跌落，一邊大聲呼喊：「救命命命命命！」

奇鼠歷險記2

追尋幸福之旅

SECONDO VIAGGIO NEL REGNO DELLA FANTASIA

作者：Geronimo Stilton　謝利連摩·史提頓
譯者：林曉容
責任編輯：潘宏飛
中文版封面設計：李成宇
中文版美術設計：劉蔚　羅益珠
封面繪圖：Iacopo Bruno, Flavio Ferron
插圖繪畫：Francesco Barbieri, Silvia Bigolin, Federico Brusco, Lorenzo Chiavini, Michele Dallorso,
　　　　　Andrea Denegri, Valentina Grassini, Blasco Pisapia, Vittoria Termini, Anna Ziche, Archivio Piemme
內文設計：Merenguita Gingermouse, Zepploa Zap, Sara Baruffaldi, Yuko Egusa
出　　版：新雅文化事業有限公司
　　　　　香港英皇道499號北角工業大廈18樓
　　　　　電話：(852) 2138 7998
　　　　　傳真：(852) 2597 4003
　　　　　網址：http://www.sunya.com.hk
　　　　　電郵：marketing@sunya.com.hk
發　　行：香港聯合書刊物流有限公司
　　　　　地址：香港新界大埔汀麗路36號中華商務印刷大廈3字樓
　　　　　電話：(852) 2150 2100　　傳真：(852) 2407 3062
　　　　　電郵：info@suplogistics.com.hk
印　　刷：C & C Offset Printing Co., Ltd.
　　　　　香港新界大埔汀麗路36號
版　　次：二〇一二年十二月初版
　　　　　二〇一八年六月第五次印刷
版權所有 • 不准翻印
中文版版權由Edizioni Piemme授予，僅限香港及澳門地區銷售
http://www.geronimostilton.com
Based on an original idea by Elisabetta Dami.

Editorial coordination by Piccolo Tao, Linda Kleinefeld.
Editing by Topatty Paciccia, Eugenia Dami.
Art direction by Gògo Gó.
Artistic assistance by Lara Martinelli.
3D environments by Iacopo Bruno, Umberta Pezzoli, Leonardo Ponzani.
Editorial collaboration by Diego Manetti.
Consulation by Dott. Giovanna Daverio, S. Cericola, D. Chiri, N. Scarlini.
Many thanks to Certosina Kashmir, Rebecca and Vanessa Romeo, Marisa Barbi, Mika Vasilij, Associazione Progetti Felicità and
Scuola di Cossalto(Bi), P. P. D. P. and M. A.
For information address Atlantyca S.p.A., Italy - Via Leopardi 8, 20123 Milan, foreignrights@atlantyca.it
www.atlantyca.com
Stilton is the name of a famous English cheese. It is a registered trademark of the Stilton Cheese Maker's Association. For more informatic
go to www.stiltoncheese.com
ISBN: 978-962-08-5765-2
©2005-Edizioni Piemme S.p.A　Palazzo Mondadori, Via Mondadori,1-20090 Segrate, Italy.
International Rights © Atlantyca S.p.A. Italy
Traditional Chinese Edition ©2012 Sun Ya Publications (HK) Ltd.
18/F, North Point Industrial Building, 499 King's Road, Hong Kong
Published and printed in Hong Kong

奇鼠歷險記

① 漫遊夢想國

② 追尋幸福之旅

③ 尋找失蹤的皇后

④ 龍族的騎士

⑤ 仙女歌雅不見了

⑥ 深海水晶騎士

⑦ 追尋夢想國珍寶

⑧ 女巫的時間魔咒

⑨ 水晶宮的魔法寶物

勇士回歸（大長篇1）

失落的魔戒（大長篇2）